동행

동행

ⓒ 서연정, 2010

1판 1쇄 인쇄 ㅣ 2010년 11월 05일
1판 1쇄 발행 ㅣ 2010년 11월 11일

지 은 이 ㅣ 서연정
펴 낸 이 ㅣ 이영희
펴 낸 곳 ㅣ 도서출판 이미지북
　　　　　출판등록 : 제2-2795호(1999. 4 .10)
　　　　　주　　　소 : 서울시 강남구 논현동 193-8 우창빌딩 202호
　　　　　대표전화 : (02) 483-7025　　팩시밀리 : (02) 483-3213
　　　　　e-mail : ibook99@paran.com

ISBN 978-89-89224-14-3　03810

이 도서의 국립중앙도서관 출판시도서목록(CIP)은 e-CIP홈페이지
(http://www.nl.go.kr/ecip)에서 이용하실 수 있습니다.(CIP제어번호 :
CIP2010004137

한국정형시 012

동행

서연정 시집

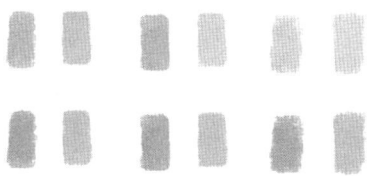

이미지북

나의 길은 처음에 미로였다.
미로들 가운데서 미로 하나를 들고 지금껏 걸었더니
드디어 오솔길이 되었다.

시간과 사람과 자연이 함께 걸어준
고마운 그 길을 여기 내려놓는다.

모든 길은 처음엔 미로이다.
하지만 제 속에 항상 길을 안고 있다.
그러므로 두려워하지 말고 끝까지
가라.

시간과 사람과 자연이 또 함께 걸어줄 것이다.

2010년 입동 무렵

| 차 례 |

제2부 | 푸른 약손

제3부 | 初行

제4부 | 바람을 타는 방법

제1부

아름다운 이정표

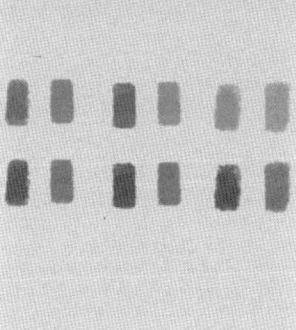

미로의 다른 이름

우아하게 얽힌 덩굴 향그런 살 냄새란 미로랑 딸 미로랑 그 자손의 거주지다 뒤섞인 사람 냄새로 길은 본래 시금털 털하다

대낮의 숲속에서 일상은 정박이다 바닥에 주저앉아 차오른 숨 고른다 끌고 온 삶의 꼬리를 잘라버린 도마뱀

수많은 길을 삼켜 통통히 살이 올라 꿈틀꿈틀 뭉클뭉클 미로의 흰 배때기 만삭인 옆구리 찢어 피 묻은 땅 받든다

삼동을 난 도토리들 오보록 새순 올려 이정표를 세우듯 푸른 손을 흔든다 발 냄새 땀 냄새 먹어 길 내기 좋은 그곳

추상화를 보다

제 안에 꽃을 품고 씨앗이 익어가듯

물음의 꽃자리에 은유들이 부푼다

응답이 들릴 때까지 묻는 거다, 삶이란.

돌 같은 사람

돌의 미소 속에 숨은 사람 만났다

그 마음 열리자 바다가 흘러나왔다

돌 같은, 인간이라는

욕을 휩쓸고 갔다

용서

몸통이 잘린 자리 하얀 피 흘렸겠다

벌레들 달라붙어 쓰린 살 빨았겠다

사경을 견디던 기억 옹이에 오롯하다

흉터투성이 가슴에서 꽃 꺼내는 나무야

그늘이 붉게 고인 등허리가 휘었다

쓰라린 표정을 지워 천진스레 웃어도

상처를 홀치고 감친 시간의 실타래

제 손으로 제 살에 찔러 넣은 바늘자국

다 덮고 둥글게 안은 한마디를 듣는다

오동꽃

그 해 여름 오동나무를 베어내기로 했다
장독대엔 그늘이 지고
이끼가 자꾸 자랐다
장마철, 줄기를 벤 낫날에 녹이 슬었다
얼마쯤 지났을까 오동나무의 삳에서
뺨을 때리기 좋은 손바닥이 새로 자랐다
안 죽는 시퍼런 서슬을 다시 베어냈다
쳐낸 어린 가지를 휙 내던지다가
시든 줄기 더미로 기우뚱 넘어졌을 때
연보라 맑고 서늘한 미소를 보았다
팽개쳐진 것들이 성난 주먹을 펴고
촛불 같은 꽃으로 돌아올 수 있다니
처음 본
용서의 빛깔
눈이 멀 듯 환했다

별 사

오늘 견디는
슬픔도 외로움도
하늘 높이 새기면
그리움 한 그루

옷이야
발가벗겨도
푸른 숨은 못 거둔다

눈물처럼 밤물처럼 희디흰 꽃은 피고
우거진 가슴 안으로 새가 돌아오리라

나무가 움켜쥐는 건
흙이 아닌 별이다

허사를 버리다

모과나무에서 꽃잎이 떨어지고 있었다

한 장씩 마음이 한 장씩 뜯어지는

소리를 듣는다, 라고, 적으려는 순간······.

산두릅 뜯어먹고 힘이 돋은 검은 염소

콧김을 씩씩 불며 나를 들이받는다

거짓말 해묵은 가지들

부러졌다, 우두두둑.

약도를 그리는 사람
─ 시인을 만나다

물끄러미 바라보는 노루처럼 깊은 눈매

맑은 별 찾아가는 약도를 그려주었다

마음의 징역살이를 훌훌 벗어 던지는 길

벌새도 알바트로스도 꿈을 물고 날아가

어둠이 잠가놓은 209호* 지붕 위로

눈부신 생의 한때를 고이 덮는 눈 내린다

* 광주교육대학교 연진관 우송 선생님 연구실.

식은 커피
— 시인을 만나다

약속보다 늦은 객을 따뜻하게 맞아들이는

정정한 고독의 맛
기다림의 향기다

고적한 방을 채우며
달콤하게 식은 커피

마한馬韓적 사람들이
하늘문 활짝 열고

금빛 햇살이 되어 돌아오는 한나절

풍설의
미주알이나 캐던
녹슨 칼을 버린다

여 비

– 시인을 만나다

따뜻한 손을 잡아 섭섭함을 녹이고
인사동 모퉁이를 천천히 돌아 나올 때
뛰어와, 지폐 몇 장을, 우격다짐 건넨다

그 정으로 차표를 사고 김밥을 사서 먹고
아무래도 목이 메어 물도 한 병 사 마시고
그래도 화수분처럼
줄지 않는 마음씨

고이 품고 와서 고향 하늘에 놓아주니
우거지는 만 그루 그늘을 노래하는 새
보성강 물소리 같은
숨소리가 들린다

얼룩말

검은 침묵 파낸 자리

희디흰 길 되었다

제 몸에 새긴 지도

스스로는 못 보지만

먼 길에

함께 걸을 때

아름다운 이정표다

가시연꽃

잘 여문 씨앗에서 실한 싹이 트리라
깊은 어둠에 눌려 숨을 쉴 수 없을 때
잘 벼린 화살촉 같은
가시연을 생각한다

바람의 사닥다리에
무지개를 걸던 새
삭정이로 부러뜨린 두근두근 그 숨결도
하늘에 구름 몇 조각
일었다가 잦아든 일

마름쇠 깔린 새벽을 맨발로 걸어와서
꽃대는 열어주리
목숨의 가파른 길
가시관 쓰고서라도 섬겨야 할 오늘을.

씨 앗

한 송이 꿈을 머금어
너는 꽃이다

서리 앉는 들길에
호젓이 서 있는,

하늘도 너를 위하여
바람을 풀어준다

부끄러운 몸짓으로
조금씩 흔들릴 때

번지는 향기를 물고
날아가는 새

몇 소절
미완의 노래
낙엽 속에 묻는다

제 2 부

푸른 약손

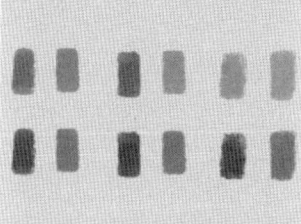

똑다리 아래 물이 흘렀다

똑다리 아래 흐르는 물에 신발을 잃어버리고
아랫마을 지날 때 그가 건져주기를
봉숭아 붉은 꽃잎도 함께 던진 적 있다

세월의 큰물에 냇물이 불어나서
퉁퉁 분 젖꼭지를 초목에게 물릴 때
꼭 다문 나의 입술은 외려 더욱 타들었다

땅거미 내리는 저녁 똑다리께에 서서
잡힐 듯 잡힐 듯 반짝이는 별을 본다
바람만 간신히 닿는 그리움의 허공을

시간의 시집

베스트셀러 작가인 시간이 부쳐왔다
차곡차곡 구간舊刊 위에 조심스레 올린다
서늘한
입추立秋 출판사 간
최신판 백지 시집

내 마음의 우체국 눈금 닳은 저울로는
감히 달 수 없는 찰나의 무게여
나무가 잎눈 틔우는,
풀이 꽃눈을 뜨는.

박하사탕 한 움큼 입안에 넣은 듯이
화안하게 열리는 총4부 365쪽
촘촘한 종묘 판인가 하면
새 한 마리 나는 하늘

피고 지는 낮과 밤을 쉬지 않고 읽으며
호젓한 별 귀퉁이를 걸어가는 무명시인

미지의 저자 시간과
이름디운 동헹이다

상봉

남북으로 찢어진 핏줄들이 만난다

뼈아픈 배신을
눈물로
용서해주는

인자한
시간의 얼굴
그 너머 자욱한 불티

항아리

1

지점토 곱게 발리 채색 올린 항아리
화병으로 다탁으로 전전한 세월 속에
생생한 빛깔은 낡아 먼지 덮여 늙는다

2

흙먼지 비바람을 치는 대로 받으며
장독대를 지켜 앉은 무덤덤한 항아리
오히려 깊은 세월을 장과 함께 익는다

3

방안의 항아리로 늙어가는 여자들
마당의 항아리로 익어가는 여자들
작대기 하나씩 들고 문득 아픈 늦가을

미 로

초록 고요를 깨뜨리며
떨어지는 빗방울

왜가리
왜가리
새하얀 울음소리

원시의 늪골 속으로
천천히 가라앉네

1억 4천만 년 동안
수장한 그리움으로

자줏빛 가시연꽃
피워 올리는 우포늪

저마다 홀로 온 길이
춤추며 우거지네

사차원 닭전머리

　김덕령장군 동자보살 옥황상제 천관산선녀 닭 모가지 떨어지는 양동시장 닭전머리에서 인생을 주물럭주물럭 반죽하느라 바쁘다 선녀의 파초선은 상제 더위를 모른 척하고 구슬놀이 동자도 장군 앞에 거들먹거들먹 가끔씩 희번득희번득 흰자위를 겨눈다

　누구 앞에 엎드려 바닥을 들여다볼까 발밑의 허구렁을 벗어나 보겠다고 새까만 안경을 꺼내 눈 가리는 여자들 장대 끝에서 바래가는 무지갯빛 풍선을 두루미 고개 꼬아 희뜩 올려다본다 하늘엔 새하얀 구름 무심하게 떠 있다

　계수나무 옥토끼를 분양하는 컴퓨터 오늘의 운세를 시시각각 점치는데 시절을 거슬러 사는 사차원 닭전머리 지루한 개들끼리 문패를 넘나들며 주술에 걸린 혀로 서로를 물고 빨아 주인도 모르는 사이 새끼 수를 늘린다

잡수시다

꽃이라는 숟가락으로 동글동글 파셔서

줄기라는 젓가락으로 거칠거칠 집으셔서

끝없이 투명한 허공 오물오물 잡수시듯

저자를 떠돌다 온 싱크대 고등어에서

바다를 간 보시고 신트림도 뱉으시며

기름진 세속의 음식 부걱부걱 잡수시듯

은혜로운 햇살로 양식을 보내시고

바람의 지도를 따라오라 하시더니

날마다 나를 드시며 고픈 배를 채우시다

돌

바닷가에서 구르던 돌

서가를 차지한다

고래 키운 파도소리

춤추는 미역의 빛

살아온 시간과 공간을

눌러 새긴

책 한 권

망부석

전설의 숫을무늬를 마음눈이 읽는다

적자색 침묵이 주르르 흘러나온다

온몸이 눈물샘이다

눈도 코도 없는 돌

물에 뜬 달빛을 달이라고 말하네

강에 어리던 달 그 자취 감추었네

푸른 달 가리키던 말라빠진 손가락

물에 뜬 달빛의 기억을 달이라고 말하네

돌 탑

어떤 소망들이 이토록 간절했을까
발부리에 걸리는 돌멩이를 모아
아파트 산책로 입구
돌탑이 쑥쑥 큰다

쓸고 닦아 단장한
신전은 아니지만
돌 하나에 한마디 속엣말도 털어놓아
얼룩진 올망졸망한 이야기의 나라다

겨우 아는 낱말로 섣부르게 읽으랴
햇살보다 비바람과
더불어 사는 세상
남몰래 눈물을 닦고
비손하듯 쌓는 탑

돌그림

돌이 우는 밤에
비가 내린다
돌이 우는 바다에
파도가 더욱 친다

생으로 박히는 후회
돌의 뼈가 녹는다

폐나 간에 스민 독백의 자취까지
남김없이 새기는 아픔의 맑은 복판
마음껏 울지 못하는
돌을 우는 비 오신다

쏟아지는 하늘을 온몸에 심어서
지지 않는 꽃으로 피워내는 돌

슬픔은 파낼 수 없나
곱게 닦아줄 뿐

다시, 운주사에서

바위다
바위다
어찌어찌 생겨난

물은 부드럽게
정은 날카롭게
속 깊은 염화미소를 꺼내어 다듬었다

담장에서 논밭에서 분칠한 새똥 개똥
말끔히 씻긴 돌이 부처가 되는구나
동강난 몸을 붙이며 토막 꿈도 잇는가

아, 누구인가 뒤바뀐 이 얼굴들
몰아치는 비바람에 못 이기듯 떨어져
차라리 굴러다닌들 남의 삶을 훔치랴

겨우 맞춘 머리에 기대선 몸뚱이를
대신 우는 부엉이여

쓰다듬는 햇살이여
넘어진 그날의 꿈에 오늘을 접붙이나

다시, 운주사는 새 움 트는 천년이다
가슴에서
가슴으로
끈덕지게 전하는 길
바위의 등뼈를 뚫고 소나무가 푸르다

돌의 미소

엉거주춤 남아서 절터를 지키고 있다
차마 짐작했으랴
홀로 천년 건널 줄
이끼 낀 돌부처 손을 가만히 잡아본다

노을 젖은 그리움 부슬부슬 내려와
뭉개진 이목구비 그 흔적에 스밀 때도
슬픔을 참으로 몰라 우직하게 웃을까

틈새마다 오밀조밀 시간의 실뿌리들
향연처럼 피워 올린 작은 풀꽃 속으로
순금빛 허허벌판을 눈부시게 숨긴다

시인

태양이 수선화에게 옮겨놓은 영혼을

바람이 수선화에게 불어넣은 숨결을

노련한 기술을 부려 오려내고 붙였구나

호숫가 물안개처럼 일렁이는 그리움도

일회용 믹스커피 균질의 그 맛이다

컴퓨터 전원을 켜면 백만 번 똑같은 꽃

영원이 된 찰나일까 목숨의 그림자일까

시린 눈길 거두고 알뿌리를 묻는다

피었다 지고 또 피는 기다림을 심는다

열매

반 순갈의 두려움이 새파랗게 뭉쳐질 때

반 순갈의 설렘을 시간은 불어넣었다

가을날 품에 안기는

몸부림의 중량

시간의 불길에 몸이 타는 중에도

눈보라를 견디고
시린 꽃 내걸었다

허리에 구멍 뚫린
금산사 산사나무

차안을 붙잡은 손에
나도 몰래 힘이 간다

담쟁이

벌어진 상처 깊이

쓰린 약을 바르듯

무릎걸음 자리마다

돋아나는 실뿌리

흉터엔 더욱 더 배게

푸른 약손 덮는다

제3부

初行

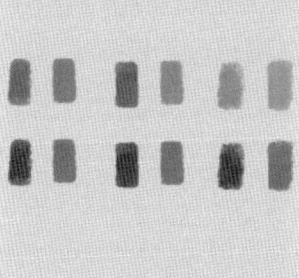

풀 밭

풀 베듯 베어낸 인연 풀 자라듯 살아와 맺히고 떨어지는
생명이 영롱하네 맨발로 줄달음치는 시간의 풀밭에서

살구꽃

젖먹이 버려두고 객지로만 십 수 년
구새 먹은 가슴에 분홍 연기 자욱하여
한마디 한마디에서 살구꽃이 핍니다

장미목 장미과 벚나무속 살구나무
세세한 일가붙이 밝혀 적은 명찰 앞에
휠체어 잠시 멈추고 눈이 부신 엄마와 딸

— 빌어를 묵어도 부모 사랑이 최곤디
목에 걸린 살구씨 겨우 뱉어내고는
살구꽃 죄 없이 고운 숭어리만 봅니다

겨우내 북풍으로 마전한 그리움을
병동에 활짝 펼친 검은 고목 한 그루
천 개의 눈과 손으로 욕지기 다스립니다

말씀

내 걱정 하지 말고 잘살아야 해

뒤돌아보지 말고 조심해서 어여 가

어머니 옛적에 들었다던

그 말씀을 또 하신다

옆자리 어린 딸은 콧노래 흥얼대는데

굽이굽이 자미꽃 만발하는 귀갓길

한사코 손사래 치며 어머니 흔들린다

연어의 뇌수 깊이 새겨진 지도처럼

오늘 내게 흘러드는 말씀의 푸른 물결

몫몫이 피었다가 지는 목숨을 적셔준다

여행길

장독마다 뚜껑 열어 단맛 더욱 익히고
눅눅한 곳간 살림 바람 들여 씻는다
얼마나 오래 전부터 기다린 여행길일까

밤새 흘린 식은땀 돋을볕에 말리다가
민머리 가린 모자 아무래도 낯설면
청보라 이슬방울을 미소 속에 숨긴다

몸무게 버린 새들 날아가는 서쪽으로
어린애 걸음발타듯 한 발 한 발 다가간다
온전히 당신을 위한 오직 홀로의 시간 속으로

투병기

식욕촉진제
먹고
아침 식전
약 먹고

아침 식후
약 또 먹고
점심 저녁
식전 식후

밥보다 듬뿍 먹는다

어지러운
희망을

풍선처럼

불평도 어리광이라고
행여 질까 내기하듯

자꾸 불어넣었네
엄마 가슴 부풀렸네

뻥,
뻥,
뻥,

터지는 소리
먼눈을 번쩍 뜨네

맨발로

사금파리 찔린 자국 딱지 앉을 틈도 없이
뭉치로 걸어 다니는 겉보리 거스러미였디
웅녀의 발바닥처럼
또 찢기고 터지던 발

질펀 밟은 개똥을 논물에 휘휘 씻고
자운영 꽃에 닦던 사치를 못 잊은 채
날마다 병원 나들이 신어보는 가죽신

곳시얌*!
소쿠리모탱이!
수줍게 불러보면
연인의 이름에서 진동하는 초록 향내
맨발로 돌아가고 싶어
가슴 쿡쿡 저리다

* '곳시얌'과 '소쿠리모탱이'는 어머니 고향의 지명.

꽃자리

어둠은 한 송이 꽃

슬픔도 한 송이 꽃

망울을 터트린 만 길 벼랑 끝에서도

꽃자리 꽃자리마다 열매가 맺히니라

싹쓸바람 춤추는 허허바다의 끝에서

은빛 날을 물고서 일어서는 빛살들

잘 익은 그리움이면

나목도 부시니라

마늘밭

매화축제 산수유축제 벚꽃축제를 따라

마을에서 마을로 인파 속을 떠돌아요

찬란한 소란 속에서 발이 둥둥 뜬 채로

꽃 축제 시들고서야 까막눈을 뜨네요

삶이란 혼자서 맵게 빈 껍질 채우는 것

어머니 눈물맛 같은 아릿한 마늘밭에서

파일을 기다리며

봄눈 녹은 물로

마른 목을 적시네

풀지 못한

애증처럼

굽이굽이

규봉암* 길

발걸음 닿는 곳마다

사랑하는 어머니

* 무등산에 있는 천년 고찰.

감자

찐 감자 몇 개 놓고
홀로 앉은 텅 빈 식탁

김 오르는 슬픔을
호호 불며 먹는다

독한 약
뒤틀린 입맛을
달래던 엄마 음식

삼동을 견디는 힘

여기저기 코 걸려
빠지고 늘어져도

따뜻하게 살라고
어머니 남기신 옷

동기간
그 인연 몇 벌로
삼동쯤
능히 산다

初行

실버들 얽힌 동행 그예 깍지 풀려서

등 돌리니 낯선 길 어머니 홀로 가네

구름 속 구름이 되어 아스라이 먼 초행

소멸의 노래

1

밀알처럼 어둠이 썩어
새싹을 틔우는 **산**
어느 집 화덕에선 빵을 굽기 시작할 때
보랏빛 새벽을 감고
나팔꽃이 핀다

2

듣는 이 아무도 없는
마지막 공연에서
켜기
두드리기
혼신을 다한 연주
드디어 상을 받는가
허공을 받든 **손**

3

닳은 신발처럼

케케묵은 일상

질경이

개망초

우거진 땅에 벗고

하늘길 입구에 서서

스스런 듯 움츠린 **발**

   4

그늘 속에 빛나는 꽃을 보았을까

흩날려 눈에 들어간 백설이 녹았을까

반만 뜬

눈꺼풀 아래

눈부처를 숨겼다

   5

바람이 말아주는 먼지국수 달게 먹고

가슴에 박힌 별도 다 쏟아냈으리
침묵의 황금덩이로
벌린 **입**을 채운다

6
심장과 심장을 포개고
포갠 것마저 잊어버리지
그림자도 없는 낯선 시간 속에서

떨어져 누운 잎들이 추운 숲을 감싸네

희생犧牲

늦가을 찬 풀밭을 배회하는 암사마귀

수컷의 머리통을

썩썩 씹어 먹는다

사랑은 허기의 절정

마디마디 뜨겁다

파종

허방다리 도시에서 돌아온 젊은 아들
서툴게 예 콩, 제 콩, 괭이질 몇 번 하더니
물집 든 손바닥 털며 언덕에 나앉는다

소쩍소쩍, 호로로로, 깔깔깔, 웃는 새들
속내 빤히 보이는 머룻빛 그 눈들과
진즉에 눈이 맞아서 막춤 추는 허수아비

들었을 법도 한데
보았을 법도 한데
고개 숙여 묵묵히 씨앗만 넣으신다
어머니
땅의 콧구멍으로
숨결을 불어주듯

짭조름한 땀방울 밭이랑을 적신다
담채화 한 장이 완성되는 해질녘
참깨를 터는 가을이 바람결에 스민다

명 절

기지개 켠 부엌에서 붉게 타오르는 불
숟가락도 젓가락도 쌓인 먼지를 딜어낸다
넘치는 추억의 밥물
구수하게 뜸이 든다

절하듯 엎드려 산
어머니 시간 속에서
앙감질로 돋아나는
냉이꽃 이야기들
조촐한 밥상머리에 번지는 젓내 땀내

허기를 채워주는 그윽한 눈매들이
세속의 노루막이에 길잡이별로 뜨는 날
웃으며 밥을 퍼준다
웃으며 밥을 먹는다

동 행

홀로 걷는 산길에 구절초 맑은 향기

바람 타고 돌아온 엄마의 숨결이다

든든한 동행이 되어

더불어 걸어주는

몸 없는 당신을 안아드리고 싶어라

허전한 두 팔 모아 이 가슴 으스러지게

남기신 엄마의 생살

나를 꼬옥 안는다

제 4 부

바람을 타는 방법

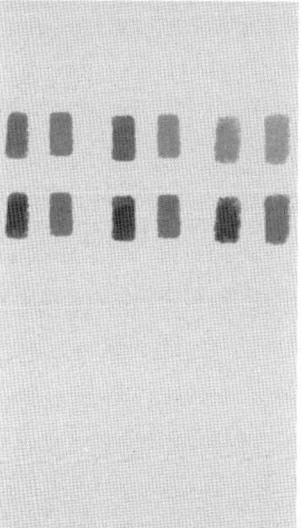

고 독

끌어안고
부비고
입맞추고
어르고

뒹굴며 함께 본다 소말리아 기아 뉴스

사람을 밀어낸 자리
짐승들의 차지다

회복기

불꽃 일렁이는 벽난로 앞에서
멜로드라마의 입술이 거대하다,
도구처럼.
그들만 지상에 남는다
오직 그들 그림자만

하루 세 번 밥때가 무섭게 돌아오는
산비탈에 겨우 붙은 따개비 셋방들도
한여름 쏘시개놀음에
불티를 뒤집어쓴다

지진해일의 일상을 호수로 위장시킨 채
장미향 미사여구로 내가 날 속인 나날
허망한 그 꿈 깨느라 긴긴 밤을 아프다

깨뜨려진 조각들은
귀 없는 바늘이다
헝클어진 타래실 빈손에 들고 서서

어디를 먼저 꿰맬까
찔린 데를 보는 새벽

사막의 밤

한가위에 밥을 굶는 아동이 수천 명이라고
음식물 쓰레기를 비우다가 들었다
부황 든 뱃구레 같은 보름달 떠오른다

입술에서 입술로 부드럽게 옮겨 다니며
사랑합니다 사랑합니다 파도치는 물보라
눈치레 사랑의 홍수는 사막을 비껴간다

먼데서 들리는 폭죽 터지는 소리에
쫓겨난 고양이들 발톱을 세우는 밤
부서진 꿈의 조각이 싸라기 별로 뜬다

두 얼굴

외로움의 냄새가 팽창하는 초원이다

미로 같은 뿔을 이고 달아나는 영양들

대화에 굶주린 사자

헐떡이며 쫓는다

홈쇼핑 · 1

무료 전화
외상 환영
미끼를 던져놓고

연중무휴 아름답다
화면 속 일상이란

허기를 재생산하며
꿈공장은
성업 중

홈쇼핑·2

애타게 날 부르는 목소리가 들린다
밤중에도 대낮에도 귓속에 꿀을 붓고
천천히 마비시키는 부드러운 혀가 온다

반짝이는 조명 아래 아름다운 새것들
발림의 밧줄에 나는 그만 사로잡혀
욕망의 그림자놀이
그만두지 못한다

손때 먹은 살림에서 먼지가 풀썩여도
게게 풀린 눈동자 신세계를 헤맨다
공팔공
누르고 싶다
판타지 여는 주문

휠체어댄스

의자들이 춤춘다
바퀴들이 춤춘다

힘없이 꺾이기만 한
세월을 곧추세우며

견고한 돌처럼 굳은
마음을 업고 안고

바닥에 떨구는
뜨거운 땀방울로

얼어붙은 세상에
꿈의 씨앗을 키운다

춤추는
동그라미가
모서리를 지운다

산까치

떠밀려 들어오는 벼랑 끝 사람들에게
덕룡산*은 말없이 깊은 품 열었으니
그네는 살과 뼈 바쳐 숲을 더욱 살찌웠다

마지막 한 사람의 풍장이 시작되고
산역 마친 삽날도 비로소 누운 이후
풍설은 산을 내려가 마을에 우거졌다

선사보다 캄캄한 역사의 지층을 뚫어
산까치로 돌아와 토해내는 혼의 노래
갓 파낸 울음의 화석 아직도 피가 덥다

* 전남 나주군 다도면과 봉황면 사이에 있는 덕룡산은 칠흑빛으로 숲
이 우거져 한여름 대낮에도 한기가 느껴진다. 이 산은 한국전쟁 때
빨치산의 은거지 중 한 곳이었다고 하는데, 이러저러한 업보 때문인
지 유난히 사찰이 많다.

바람을 타는 방법

태어날 때 이미 꼬리가 아홉 개였어요
꿈이 없어 배고픈 여우마을 귀족이죠
번번이 둔갑을 하면 들통이 나는 겁니다

—이상하다 이상해 무엇이 문제일까?
—한 꼬리 도둑질해서 열 개를 채웠는데
—다 갖춘 나의 삶이 왜? 이토록 비정한 거지?

어느 날 꼬리 하나 뚝 떼어 버렸어요
어느 날 두 번째 꼬리 뚝뚝 떼어 버렸어요
딱 하나 남은 꼬리를 마저 떼곤 춤췄어요
멀쩡하던 여우가 바보가 되었다고
다시는 둔갑 같은 건 할 수 없을 거라고
소문이 꼬리를 달고 멀리까지 갔지요

꼬리가 아홉 달린 여우들이 떼로 몰려
서로 덤벼 물고 뜯고 꼬리 열 개를 채우는 동안
바람에 올라탄 여우를 아무도 몰라봅니다

감자 이야기

보상 끝난 토지에
경작하지 마시오

진즉에 자식 따라 객지 나간 보상금
또 빈손 농투성이는
땅 보면 섬기고 싶다

멀쩡한 몸뚱이로 옥토를 놀리는 건
평생을 먹여준 땅에 배은의 죄 짓는 일
게시판 지켜 선 터에
씨감자를 묻었다

감자꽃이 필 무렵 굴착기 몰려오고
불 밝힌 아파트촌 지나치는 농투성이
알감자 조랑조랑 달렸구나
혼잣말 늘어산나

자운영

화학비료 멀미를
못 견디는 땅에

옹알이 같은
씨를 뿌려
꽃구름이 일었다

뜨거운
쌀밥 속에서
자운영 향기가 난다

겨냥

먹고
살겠다고
논밭에서
교전 중

풀도
벌레도
다 죽는
약을 친다

식물성 가슴을 가진
나는야 슬픈 동물

겨울 금강

마음에 낀 살얼음을 걷어낼 수 있을까
회색 조약돌처럼 모여 앉은 새 떼 위로
하늘은 봉인을 뜯어
노을을 쏟아낸다

때로 삶이란
기다리는 일일까
우두커니 서서
시간이 지나가기를
희나리 매운 연기에
젖은 눈을 닦으며

보라, 비상으로
아름다워지는 하루를
노동마저 거뜬히
들어 올리는 노래를
잘 보라, 어둠의 손수건이
닦아내는 핏기를

부채負債를 밴 통장의 마이너스 숫자들
흐슬부슬 부스러지는 제로의 순간이다
팔매질 지친 어깨에
아, 날개 돋는
겨울 금강

공친 날

오종종히 모여서 상처를 긁고 있다

손톱 밑에 까맣게 살비듬 박히는데

태양은 무료 급식처럼 뒤통수에 따갑다

지하역

인파의 궤도 밖을 휘청휘청 맴돌다가

골판지 몇 장 끌고 귀가하는 달팽이

별 하나 보이지 않는 집 한 채를 짓는다

사는 연습

뜨면 아름답다
떠서 살면 아름답다

바닥을 치지 않고
바닥을 기지 않고

오리발 빌려서라도
부유의 꿈을 꾼다

큰 너울 작은 너울
몇 번이나 탔을까

숨이 점점 차온다
그리운
바닥

두 발을 힘차게 딛고
다시
처음부터

언어적 실험의 당돌한 모험성

전원범 _ 시인·광주교육대학교 교수

    한 시인이 작시作詩 과정에서 어떤 구조 유형을 선택하는가
의 문제는 극히 자의적恣意的인 것이다. 그래서 시인의 시적
특성을 알아보기 위해서는 다각적 측면의 관찰이 필요하다.
언어, 주제, 제재, 구조, 표현 등 시와 관련되는 최대한의 많
은 영역에서 접근해 보아야 한다.

    그러나 일반적으로 쉽게 도입하는 방법론으로서 '무엇을'
'어떻게' 쓰고 있는가를 헤아려 보는 경우가 많다. 시인에 따
라서 시적 대상에 몰두하고 있는 사람과 표현 방법에 집착하
는 사람이 있기 때문이나. 대상에 몰두하는 시인은 수로 현실
상황이나 오늘의 문제에 시각視角을 두어 시정신을 강조하는

입장을 취한다. 반면 방법에 집착하는 시인은 시의 새로운 방향이나 기법 등에 치중하는 경향이 짙다. 전자는 편내용적이기 쉽고 후자는 테크니상에 빠지기 쉽다. 뿐만 아니라 한 시인의 시는 '무엇을' 쓰는가나 '어떻게' 쓰는가의 한 측면만으로 특징지을 수 없는 종합적 관찰이 필요한 것이며, 오히려 양자를 함께 고려했을 때 보다 편향성을 막을 수 있다는 입장에서 두 가지 측면을 모두 관찰할 수밖에 없을 것이다.

서연정의 제4시조집 『동행』을 두고 먼저 '무엇을 어떻게 쓰고 있는가'를 살펴보았다. 어떻게 쓰고 있는가의 면에서는 시조 장르가 갖고 있는 그간의 통폐와 안존의 벽을 과감하게 허물고 있었으며, 언어 표현 면에서 특히 시어의 참신한 이미지와 디지털시적인 과감한 표현의 실험까지 보이고 있었고, 그러면서도 시조 형식에 대해서는 철저하게 묵수墨守하고 있었다.

무엇을 쓰고 있는가의 면에서는 새로운 이정里程을 위한 비상飛翔 의지, 어머니와 그리움의 정서, 삶 특히 세태에 대한 반응을 주로 보이고 있었다.

현대시조문학은 그동안 수없이 많은 논란을 거듭하면서 진화해왔다. 그 중에서도 대표적인 것은 표현 언어나 내용, 그리고 시조 형식의 문제였다. 그리고 형식 문제에서는 현대 의식을 수용하기 위해서는 시조가 형식의 완고성을 벗어나 다양한 파격적 실험을 시도해야 한다는 것과 시조문학이 그 정체성과 본질을 유지하기 위해서는 형식이 마지막 보루가 되어야 한다는 주장의 갈림이었다.

서연정 시조는 이 두 가지 문제에 대한 분명한 태도가 보이는 데 한 마디로 요약하면 시조문학의 관습적 폐쇄성의 극복 의지, 언어 표현에 대한 적극적인 실험 정신과 참신성, 시조 형식의 고수로 압축될 수 있다.

우리의 시조문학은 그간 전통시라는 이름 아래 자기 경신의 노력보다는 재래적 의고주의에 안주하거나 포에지 없는 관념 진술의 매너리즘에 빠진 경우가 많았다. 그런 의미에서 볼 때 시조 장르가 가지고 있는 한계성이나 벽을 서연정의 시조에서는 과감하게 허물고 있어 단연 눈에 띈다. 전편의 어디서나 볼 수 있는 긴장된 시정신, 참신성, 활발한 상상력의 힘이 그것이다. 기존의 시법을 뛰어넘는 변용과 치환의 미학으로서 당당한 모습을 보여주고 있다.

이러한 모습은 특히 언어적인 면에서 더욱 경이롭다. 언어에 대한 뛰어난 감각과 사물의 존재에 대한 전혀 새로운 인식이 다른 어느 시조시인과 다르게 특별하기 때문이다. 뜨거운 정열과 힘찬 상상력으로 조립한 그의 언어는 논리적 체계를 벗어나 절대적 자유와 해체적 상상력을 발휘하고 있다. 다음의 시구는 서연정 시집에서 임의로 뽑아본 장章들이다.

① 눈부신 생의 한때를 고이 덮는 눈
② 금빛 햇살이 되어 돌아오는 한나절
③ 바람의 사닥다리에 부지개를 걸던 새
④ 하늘도 너를 위하여 바람을 풀어준다

⑤ 겨우내 북풍으로 마전한 그리움을

⑥ 오늘 내게 흘러드는 말씀의 푸른 물결

⑦ 사랑은 허기의 절정 마디마디 뜨겁다

⑧ 하늘은 봉인을 뜯어 노을을 쏟아낸다

① 눈, ② 한나절, ③ 새, ④ 풀어준 바람, ⑤ 마전한 그리움, ⑥ 말씀의 물결, ⑦ 사랑은 허기의 절정, ⑧ 봉인을 뜯는 하늘 등 고정관념을 벗어난 이 상상의 언어들은 전혀 새로운 시인의식의 굴절로서 특수한 언어로 변용되고 있는 예들이다. 그리하여 보이지 않는 것을 보이게 하고, 들리지 않는 것을 들리게 하면서 독창적으로 형상화되고 있다.

한편 이러한 언어적 실험은 더 광범위하게 본격적으로 이뤄지고 있으며, 무의미시, 탈관념시나 디지털시, 초현실시로서의 현대적 기법으로 보다 구체화되고 있다. 말의 독창적 결합을 통한 시어의 창조는 자유시에서와 달리 시조단에서 별로 보이지 않는 경향이기 때문에 시조단에서는 회의적인 것으로 받아들여질 수도 있다. 그러나 시조 창작에 있어서 이러한 언어적 표현의 실험은 그 자체만으로도 획기적인 일이요, 대단한 용기라 할 수 있다. 20세기를 대표하는 모더니즘의 사고와 언어기법은 시인의 생명력에 힘입어 신선한 언어 감각을 표출하게 되었다. 곧 시인의 의식적인 방법에 의해서 객관적인 이미지의 언어로 조직되면서 경이로운 상상과 암시, 언어의 무한한 가능성을 보여 왔기 때문에 그 후 21세기에 와서 컴퓨터와 인터넷의 보급에 따라 모든 예술 양식은 복합

화·종합화를 지향하면서 디지털리즘의 시 형식이라는 발상
의 전환까지 가져오게 했다. 시를 의미예술에서 해방시켜 의
미보다는 감각과 이미지로 전환시켜 보여주는 곧 있는 그대
로의 대상(사물)을 묘사하여 보여줌(디지털적)으로써 관념
언어의 벽을 제거하려고 시도하는 것이다.

전설의 솟을무늬를 마음눈이 읽는다

적자색 침묵이 주르르 흘러나온다

온 몸이 눈물샘이다

눈도 코도 없는 돌

— 「망부석」 전문

검은 침묵 파낸 자리

희디흰 길 되었다

제 몸에 새긴 지도

스스로는 못 보지만

먼 길에

함께 걸을 때

아름다운 이정표다

　　　　　　　　　　　　—「얼룩말」 전문

돌의 미소 속에 숨은 사람 만났다

그 마음 열리자 바다가 흘러나왔다

　　　　　　　　　　　　—「돌 같은 사람」 중

　의사소통 방식이 아나로그 방식에서 디지털 방식으로 바뀌면서 생활 패턴, 사고방식, 감각, 감성, 언어 등에 많은 변화가 오고 있는데 시에서도 의미예술을 해방시키면서 오감의 자유로운 융합에 의한 이미지를 창출해내려는 시도가 바로 가상현실의 이미지요, 순간적으로 포착하는 직관(초논리, 비논리)의 눈이 디지털 감각의 이미지를 형성하는 방법이다. 디지털 감각의 세계에서 빚어진 시이기 때문에 논리성도 단순 감각적 이미지도 사라지면서 난해한, 그러나 전혀 새로운 창조적 이미지로 생성되는 것이다. 서연정 시조의 이러한 언어적 실험은 추후 많은 논란이 뒤따르게 될 것이고, 한편으로는 시조 양식의 변화와 시조의 생명력 유지에 하나의 계기를 마련하리라고 생각된다.
　시조의 율격은 인공적이거나 발명적인 것이 아니라 우리 민족의 본원적 생리에서 발생한 호흡이다. 단순한 정형이 아니라 누적된 질서와 반복의 응축으로 형성된 장법章法이요, 구법句法이다. 그리하여 민족의 전통적 시 형태로 정제된 형식미를 갖춘 것이다. 그런데도 근래에는 이 정형으로서의 규칙과 절서에 대해서까지 해체론을 전개하면서 형식적 실험을 자행하는 사람이 늘고 있다. 해체·변형론자들의 이유는 형식의 완고성 때문에 시상의 전개가 억제된다고 말하고 있다. 또한 현대인의 활달한 사상 감정을 담기에는 그릇이 부적절하다는 것이다. 이러한 이유로 시조의 장법이나 구법, 음보까지 변형시키고, 사설시조를 무조건 늘이며, 평시조와 사설시조를 혼용하는 일에까지 이르고 있다. 그리하여 시조가 거칠어지고 군더더기가 많아지며, 이유 없는 문장의 분철分綴이나 연철連綴 등으로 인하여 시조의 응축과 긴장은 와해되고 있다.

시조를 쓰는 이유는 자유시와 다른 정제된 형식미, 강렬한 응축미, 우리의 호흡에 맞는 운율 때문이다. 그런 의미에서 볼 때 서연정의 시조 작품에 이러한 맹목적인 형식 해체의 기미가 보이지 않는다는 것은 시조문학의 특성이 바로 형식미에 있다는 것을 철저하게 인식하고 있음 때문일 것이다. 아무리 내용이나 언어적 측면에서 변화와 실험이 있다 해도 이 형식에 대한 철저한 문학관이 서 있다는 것은 참으로 다행한 일이 아닐 수 없다.

시의 주제나 내용은 그 시인의 정신적 관심사가 무엇인가를 단적으로 말해준다. 시가 언어로 표상된 인간의 경험이라

한다면 한 시인의 시에 비중 있게 다뤄진 주제나 내용은 그 시인의 시적 특성을 짐작하게 한다.

서연정의 시조에서 먼저 눈에 띄는 자의식은 비상飛翔과 탈주脫走의 꿈이다. 〈나무〉와 〈돌〉로 상징되고 있는 서정적 자아는 움직이지 못하고, 벗어나지 못하는 나약한 존재요, 결핍된 자아일 수밖에 없다. 그래서 그의 시에서는 끌고 온 삶을 잘라버리는 '해방'이나 새로서의 '비상', 징역살이를 벗어던지는 '몸부림' 등으로 강렬하게 형상화되고 있다. 결핍을 의식하는 존재, 인간으로서 그 유한적 부자유를 벗어나고자 하는 것은 특히 예술인, 그 중에서도 시인들이 항용 갖게 되는 의식이다. 더욱이 여인女人 극복 의지나 일상성의 고독에서 탈피하고자 할 때 더욱 빈번하게 나타난다.

한 송이 꿈을 머금어
너는 꽃이다

서리 앉는 들길에
호젓이 서 있는,

하늘도 너를 위하여
바람을 풀어준다

부끄러운 몸짓으로
조금씩 흔들릴 때

번지는 향기를 물고

날아가는 새

—「씨앗」 중

어떤 소망들이 이토록 간절했을까

발부리에 걸리는 돌멩이를 모아

아파트 산책로 입구

돌탑이 쑥쑥 큰다

(중략)

남몰래 눈물을 닦고

비손하듯 쌓는 탑

—「돌탑」 중

이러한 탈피의 방편으로서 비상飛翔이나 탈출 외에도 흔히
나타나는 것이 '그리움', '기도', '새로운 길의 모색'이다.

다음으로 시심의 중심에는 '어머니'가 자리잡고 있다. 한
장章에 모아진 시의 대부분이 어머니에 관한 정서들이다. 모
녀의 정, 어머니의 말씀, 어머니와의 여행, 투병, 어리광, 고향
회귀, 소망, 기다리는 어머니, 엄마 음식, 어머니의 초행, 동향
자로서의 어머니, 어머니에 대한 그리움 등이 그것들이다.

어머니는 향수의 본질인 동시에 사랑의 원형이기도 하며, 지
상의 어떤 존재보다도 그리운 대상이다. 이는 서 시인의 경우

에만 국한된 일은 아닐 것이다. 삶의 핵심을 차지하는 인간관계 중에서 가장 중요한 것이 부모 자식 간의 일이기 때문이다.

장미목 장미과 벚나무속 살구나무
세세한 일가붙이 밝혀 적은 명찰 앞에
휠체어 잠시 멈추고 눈이 부신 엄마와 딸

(중략)

겨우내 북풍으로 마전한 그리움을
병동에 활짝 펼친 검은 고목 한 그루
천 개의 눈과 손으로 욕지기 다스립니다

—「살구꽃」중

홀로 걷는 산길에 구절초 맑은 향기

바람 타고 돌아온 엄마의 숨결이다

든든한 동행이 되어

더불어 걸어주는

몸 없는 당신을 안아드리고 싶어라

허전한 두 팔 모아 이 가슴 으스러지게

남기신 엄마의 생살

나를 꼬옥 안는다

―「동행」 전문

　대부분 어머니가 중심에 놓이면서 그 주제나 정서는 그리움으로 자리 잡고 있다. 시적 상관물은 거의 어머니 모습의 형상화이거나 어머니에 대한 아쉬움이다. 이 아쉬움이나 그리움은 심리학적 측면에서 볼 때 못다 한 미련에서 오는 회귀의식이거나 퇴행적 심리현상이다. 또한 상실된 자아를 찾고 안식처(어머니)로 돌아가고자 하는 원초적 본능이다. 소멸되어가는 대상에 대한 집착이요, 지난날의 반추나 성찰이 작용한 것일 수 있다.

　그의 시조에서 보이는 또 하나 관심 대상은 작금 세태에 대한 반응이다. 시조는 본래 시절가조時節歌調 즉 시대의 노래에서 비롯된 것이기도 하여 시조에서의 시대와 현실에 대한 발언은 당연한 것이기도 하다. 뿐만 아니라 인간의 삶에 대한 끝없는 질문과 대답 찾기는 시인에게 본래적으로 주어진 사명이다. 시는 자아를 위한 삶의 반영이요, 시를 쓴다는 것 자체가 생을 민감하게 느끼고 반응하는 것이며, 생활 자체가 시의 가장 강력한 모티브가 된다. 인생을 사는 연습으로 또는 멜로드라마 같은 상처투성이로, 부서진 꿈으로, 쫓는 자와 쫓

기는 자의 상반된 인간상으로, 미끼와 허구의 꿈으로, 욕망의
그림자와 판타지로, 노숙자로, 기다림으로, 닦아내는 핏기로
다양하게 반응해 보이고 있다.

무료 전화
외상 환영
미끼를 던져놓고

연중무휴 아름답다
화면 속 일상이란

허기를 재생산하며
꿈공장은
성업 중

―「홈쇼핑·1」 전문

외로움의 냄새가 팽창하는 초원이다

미로 같은 뿔을 이고 달아나는 영양들

대화에 굶주린 사자

헐떡이며 쫓는다

―「두 얼굴」 전문

시인은 자신이 대응하는 삶과 현실의 양태를 가능한 한 치열하게 언어로 응집시키려고 한다. 그래서 홈쇼핑은 그 자체가 '미끼'요, '허기의 재생산'이며, '꿈공장'이 될 수밖에 없다. 뿐만 아니라 초원의 영양과 굶주린 사자에서도 우리 세태의 두 얼굴이 오버랩 되어 보이는 것이다. 현재를 보는 현실의식이나 사회의식의 시는 사회적 현상을 문학적으로 이해한 것들이기 때문이다. 그리하여 영양이나 사자를 단순하게 그 자체로 보지 못하고 두 얼굴로 보게 되는 것이다.

서연정의 비상飛翔 의지, 어머니에 대한 그리움 그리고 세태에 대한 반응은 차치하고라도 그가 벌여온 언어적 실험은 시조단에 하나의 놀라움을 주는 당돌함이요, 시조단 변화의 또 하나 계기가 될 것이다.